Siggi Selector

Lustlauf durchs Laufhaus

Alle Treppen führen zum Glück

von

Siggi Selector

Impressum:

Buchtitel:

Lustlauf durchs Laufhaus

Alle Treppen führen zum Glück

oder: Per Aspera ad Anjelika

Autor:

Siggi Selector © 2018

www.facebook.com/siggi.selector

Titelfoto © RCPphoto | Dreamstime.com
bearbeitet durch Siggi Selector
Foto Seite 10: © Martinlee58 | Dreamstime.com

Bibliografische Information der Deutschen Nationalbibliothek:
Die Deutsche Nationalbibliothek verzeichnet diese Publikation in der
Deutschen Nationalbibliografie; detaillierte bibliografische Daten sind
im Internet über http://dnb.d-nb.de abrufbar.

Herstellung und Verlag:

BoD-Books on Demand, Norderstedt

ISBN: 9783752820706

Was ist ein Laufhaus?

Ein Laufhaus ist ein Bordell. Es sieht aus wie ein Hotel. In den Fluren sind die "Hotelzimmer". Die Männer laufen durchs Haus. Vor den Zimmern sitzen die Freudenmädchen auf Barhockern und bieten an, mit ihnen ins Zimmer zu gehen. Oft befinden sich mehrere solcher Häuser in einer Straße

Lustlauf durchs Laufhaus
Eine auf wahren Begebenheiten basierende Novelle

Es war einmal ein schöner sommerlicher Nachmittag. Es war der sonnige Tag einer Ferienwoche. Schülerinnen, Mädchen und Frauen dieser Großstadt waren nur leicht bekleidet unterwegs, wenn sie sich auf ihren Shoppingtouren in der City befanden. Je jünger die Mädchen waren, desto kürzer waren auch ihre Miniröckchen oder Hotpants und desto knapper waren die Oberteile, oft bauchfrei, immer schulterfrei und manchmal sogar trägerlos und tief ausgeschnitten.

Es ist diese Jahreszeit, die Männer verrückt macht wie Hirsche in der Brunftzeit. Leider konnten die männlichen Menschen sich nicht in die Fußgängerzone stellen und röhren wie ein geiler Elch, um die Damenwelt animalischerweise darauf aufmerksam zu machen, dass sie bereit zur Paarung wären.

Auch Siggi Selector war schon den ganzen Sommer tagtäglich diesen optischen Reizen ausgesetzt, aber er hatte im Gegensatz zu vielen anderen schon längst die Lösung gefunden, die durch optische Reize entstandene Erregung auf einfache Art in einen sexuellen Höhepunkt zu verwandeln, statt sich im Fitnessstudio beim Jogging auf dem Laufband die Lust aus den Rippen zu schwitzen.

Statt im Sportstudio auf den Stepper zu steigen und sich die Knackärsche der Fitness Ladys beim Auf-der-Stelle-Treten anzusehen, begab sich Siggi an diesem schönen Sonntagnachmittag in die Laufhäuser der Lupinenstraße in Mannheim und stieg dort die Treppen rauf und runter.

Während die Versuche, Blickkontakte im Fitness-studio mit jungen Damen aufzunehmen, von diesen meist mit einem hochnäsigen Wegsehen und mit Ignorieren beantwortet werden, ist es hier in der Lupinenstraße in Mannheim ganz anders.

Obwohl ein alter Knacker mit einem Bierbäuchlein nicht zu den schönsten Athleten gehört, die dem Laufhaussport nachgehen, wurde jedes Erklimmen einer weiteren Treppe im nächst erreichten Stockwerk belohnt durch den Anblick der an der Laufstrecke stehenden jungen Damen, die Siggi Selector, dem Star-Treppen-Steiger, huldvoll zulä-chelten und so begeistert von ihm waren, dass sie seinen Lauf durch die Treppenhäuser stoppen wollten, um ihn zu sich in ihre Zimmer einzuladen. Dort sollte er sich doch zumindest für zwanzig Mi-nuten etwas Ruhe gönnen, sich massieren und verwöhnen lassen, oder eine Alternativsportart betreiben.

Siggis weibliche Fans entlang der sommerlichen Fitnessroute waren alle ca. 20 bis 30 Jahre alt und übertrumpften mit ihren sexy Outfits sogar die Mädchen der Innenstadt. Ihre Miniröckchen waren noch kürzer, ihre Oberteile noch knapper und manche trugen sogar nur einen Bikini oder Unterwäsche, also Dessous, was den sommerlichen Temperaturen der Großstadthitze sehr wohl entsprach und von Siggi keinesfalls negativ zur Kenntnis genommen wurde.

Wie schon erwähnt, wurden die Blickkontakte welche während seines sommerlichen Treppensteig-Trainings ausgetauscht wurden, nicht mit Ignoranz und Desinteresse beantwortet, sondern waren begleitet von ermunterndem Lächeln, und manchmal sogar verbunden mit der Aufforderung, doch einmal anzuhalten und näher zu treten. Nicht wenige der jungen Damen riefen ihm zu: „Komm doch mal her" oder waren neugierig, näheres über Siggi, den Treppenjogger und Einzelkämpfer zu erfahren.

Mit den einleitenden Worten: „Ich hab mal eine Frage!" gingen viele der jungen, weiblichen Fans sogar soweit, ein Interview mit Siggi zu beginnen, im Laufe dessen bereits die nächste Frage eine sehr private war. Es war nämlich der Versuch, die Geheimnisse seines Intimlebens lüften zu wollen.

Denn die Anschlussfrage dieses beginnenden Interviews, in dessen Verlauf später noch Fragen zur Nationalität zu beantworten waren, war meistens gezielt sexuell gemeint und lautete schlicht und einfach: „Hast du Lust?"

Die Gegenfrage, auf was Siggi denn Lust haben sollte, konnte er sich sparen, denn man weiß, dass die weiblichen Fans dieses Treppensportes in Laufhäusern den Begriff Lust einzig und alleine als „sexuelle Lust" definieren und mit der Frage „Hast du Lust?" ein Angebot verbinden, das sonst nur Rockstars von ihren kreischenden Groupies gemacht wird, damit sie mit ihrem Idol ins Bett steigen können.

Als Star auf Laufhaustour, angehimmelt von an der Wegstrecke stehenden, leicht bekleideten Fans, von denen manche nicht davor zurückschrecken, den Läufer durch das Entblößen ihrer Brüste abzulenken oder stoppen zu wollen, kann es einem Treppen Steiger, der kurz bei einem Fan stehen bleibt, auch nicht selten passieren, dass die ihn anbetende nicht einmal davor zurück schreckt, Körperkontakt mit dem Sportler aufzunehmen.

Das bloße Berühren des Stars, also der Wenigkeit von Siggi Selector, schien an diesem sonnigen Nachmittag einer jungen, blonden Dame aus einem osteuropäischen Land nicht genug gewesen zu sein. Mit einem erotischen Griff zwischen seine Oberschenkel, voll ins Gemächt, schaffte sie es zumindest, dass Siggi, nach dem Lauf durch alle Häuser, den er bei Haus 3 begonnen hatte, nun im zweiten Stock des Hauses 20 doch einmal länger stehen blieb, um sich dieses blonde Groupie etwas näher anzusehen. Es stellte sich heraus, dass das Fräulein eine Bulgarin war, auf der Suche nach einem reichen Mann, der ihr zumindest 30 €

schenken sollte. Wofür sie sich auch sexuell be-
danken wollte.

Durch ihren Griff an Siggis Sack war er nun aus
dem Laufrhythmus gekommen und etwas irritiert.
Außerdem war er inzwischen im Zick Zack durch
alle Laufhäuser und Stockwerke der Lupinenstraße
getreppt und wenn es stimmt, dass der Weg das
Ziel ist, dann war er eigentlich am Ziel, denn der
Weg war im zweiten Stock des Hauses 20 eigentlich fast ganz geschafft. Es fehlte nur noch ein kurzer Blick ins 3. OG dieses Hauses. Um auch wirklich
nichts ausgelassen zu haben, joggte Siggi noch in
dieses letzte von ihm zu erkundende Stockwerk
und stellte fest, dass hier keine Fans mehr am
Wegrand standen.

Zufrieden mit seiner Kondition, bei dieser Som-
merhitze, die gesamte Laufstrecke durch die Straße, alle Häuser und Stockwerke geschafft zu haben,
ohne ins Schwitzen gekommen zu sein, stieg er

vom 3. wieder in den 2. Stock herab und stand wieder vor nicht weniger als vier weiblichen Fans, die an diesem Nachmittag die Aufgabe hatten, den Treppenläufern zuzusehen. Als hätten sie die wichtige Nebenrolle der Zuschauermenge, die bei der Fernsehübertragung einer Tour de France oder eines Marathonlaufes einfach obligatorisch dazugehört.

Beim Mannheimer Lupi-Lauf „Lustlauf durch die Laufhäuser", sind die Sieger des Rennens jedoch nicht die Männer, sondern diejenigen Groupies, die es schaffen, Männer zur Aufgabe des Laufes zu bewegen und mit der Königsdisziplin fortzufahren: Sexueller Stellungskampf im Bett, mit Erektion, bis zum Höhepunkt mit ejakulativem Eiweiß-Verlust.

Da stand er nun, Siggi Selector, bisheriger Sieger im Widerstandskampf gegen die Girls, die versucht hatten, seine Tour zu stoppen, vor vier hübschen Zuschauerinnen, die ihn erwartungsvoll anstarrten.

Vor einem Zimmer, auf einem Barhocker, saß eine langhaarige Modell-Schönheit, die bei Germany's Next Top Model wohl nicht mitmachen darf, weil sie nicht aus Germany ist und keinen deutschen Pass hat. An der Tür klebte ein Schild, das ihren Namen verriet: Anjelika.

Zu Anjelikas Linken, am Ende der Einfuhrschneise, stand die blond gefärbte Bulgarin, die mit unlauteren Tricks versucht hatte, Siggis Training zu bremsen. Aufmerksame Leser erinnern sich an die Erwähnung ihrer handgreiflichen Korruptionsversuche, Siggi vorzeitig die Geilheit zu verschaffen, obwohl er noch nicht bereit war, den erotiven Matratzensport mit Stellungsverkehr zu beginnen.

Zu Anjelikas Rechten lauerten zwei weitere Boxen Luder. Zwei Aspirantinnen in der Hoffnung auf den Titel „Selectors Selection des Tages."

Hinten im Flur, rechts, eine unscheinbare Gretel, die Siggi durch ihre passive Art und wie sie da stand, nicht beeindrucken konnte, obwohl sie ihr vielleicht 160 cm kleines schnuckeliges Figürchen nur mit einem winzigen Bikini bekleidet hatte. Der war so winzig, weil ihre Tittchen so klein waren, dass nur wenig Stoff zur Kaschierung ihrer Brustwarzen auf dem flachen Busen ausreichte.

Gleich neben Anjelika, in der Box, wo einst eine Optikgranate aus dem Balkan logierte, stand nun eine mollige circa 20jährige Freche, die gleich mit den Worten: „Komm doch mal her zu mir,“ einen verbalen Angriff startete und damit sogar einen kleinen Zwischenerfolg verbuchte, was aber nur daran lag, dass Siggi ihr einen kurzen Blick auf den runden Busen gönnte.

Sie hatte ein süßes, rundes Gesicht, die natürlichen, dunkelbraunen Haare nach hinten gesteckt, große Kulleraugen, große Oberweite und ein wirklich bezauberndes Lächeln. Mit den unbedachten

Worten einer Anfängerin im Gewerbe der um Lauf-stars buhlenden Boxen Luder sagte sie: „Na, hast du Lust?", und strahlte Siggi unbeschwert an, scheinbar frei von allen schlechten Hintergedan-ken. Ihre Frage, ob Siggi Lust hätte und die damit verbundene, nicht ausgesprochene Offerte, diese an ihr auszuleben, brachte sie so überzeugend rüber, als sei es das allerbeste Angebot, das je ein Mädchen gemacht hatte.

Leider war dem nicht so und sie konnte Siggi nicht sofort überzeugen. Sie hinterließ aber kein gänz-lich ablehnendes Gefühl in ihm. Vielleicht „to do".

Noch immer stand Siggi vor Anjelika, dem Top-Model mit Klasse- und Rasse-Aussehen, die sich mit ihrem knackigen Arsch auf einen Barhocker gesetzt hatte und ihren Rücken an den Türpfosten lehnte, als wäre es die Wunschpose eines Fotogra-fen, für den sie Modell saß.

Im Gegensatz zu ihren Nachbarinnen zur linken und zur rechten Tür, unternahm sie absolut keine strategischen Versuche, die Aufmerksamkeit des Lustläufers Siggi Selector zu erregen. Oder ahnte sie vielleicht, dass allein ihre sitzende Modell-Pose und ihr Kostüm, das mit etwas Fantasie an ein Schulmädchen-Kostüm erinnern konnte, ausreichend verführerisch war?

Rennteilnehmer, die sich die Zeit nehmen, ihren Blick über Anjelikas Körper gleiten zu lassen, dürften eigentlich keinen Makel erkennen. Das Ergebnis eines Optik-Checks fiele nur positiv aus.

Siggis Augen wanderten nach einem schnellen Gesamteindruck nun langsam von Anjelikas Füßen über ihre Waden, Knie bis zu den Oberschenkeln, deren wohlgeformte Nacktheit gebremst wurde von einem karierten Miniröckchen vom Typ Schulmädchenkostüm. Das äußerst kleine Röckchen wurde oben umrahmt von ihrem entblößten Bauch mit makellosem Bachnabel in sonnengebräunter Haut.

Das Oberteil war eine Kombination aus einem rosafarbenen BH, der unter einem kleinen weißen

Top hervorlugte, das nicht zugeknöpft war, sondern sehr offenherzig und vorne mit einem Knötchen zusammengebunden war.

Der BH war gut gefüllt mit weiblichem Fleisch, auf das jeder Mann Appetit bekommen musste, der schon einmal in seinem Leben tittive Saugbedürfnisse befriedigen konnte.

Summa Sumarum hatte Anjelika ein Fahrgestell das wohl mit dem eines Ferraris unter anderen Rennschlitten vergleichbar ist. Wobei anzumerken ist, dass ihre runde Vorderkarosserie der Dimension C bis D kein Silikon enthält und daher bestimmt alle manuellen knetativen Drucktests unbeschadet überstehen dürfte, ohne Dellen zu bekommen.

Soviel zu ihrem Körper. Als Krönung zu dieser Figur kommt nun ein Gesicht, umrahmt mit einer Frisur, die mit der Gesamtheit aller Schönheitsmerkmale harmoniert.

Stirn, Augen, Nase, Lippen und Mund harmonieren in symmetrischer Perfektion miteinander, als wären sie gemäß der Berechnung eines Design-Programmes einer teuren Werbeagentur entstanden. Danach wurde das Programm wohl gelöscht, damit dieses Modell seine Einmaligkeit behält.

„Zum Glück" muss man sagen, denn hätte Gott sein Modell EVA nach dieser Vorlage geschaffen, dann wäre die Welt langweilig, denn wenn alle Frauen gleich aussehen würden, dann hätten die sportaktiven Männer auf ihrer Jagd nach schönen Frauen ja kein Erfolgserlebnis beim Entdecken eines Top-Modells.

Die bezaubernde Schönheit von Anjelikas perfektem Gesicht wird umrahmt von langen, pechrabenschwarzen Haaren, die so gleichmäßig schwarz und ohne irgendwelche Streifen sind, dass jeder Mann sofort erkennt, dass an dieser Stelle eine Neulackierung vorgenommen wurde; mit anderen Worten: Frisch gestrichen, ähm, gefärbt.

Die langen, schwarzen Haare geben Anjelika einen Hauch von Kleopatra, um nicht zu sagen: Orientalische Göttin, für die Könige in den Krieg ziehen würden. Trojativ gesehen.

Da stand der Siggi nun, am Ende seiner Laufhaustour, vor dieser Schönheit namens Anjelika und wurde permanent abgelenkt von den verbalen Attacken ihrer Nachbarinnen und sogar, wir erinnern uns, abgelenkt durch einen Griff an sein Geschlecht, durch die blond und schlecht gefärbte Bulgarin.

Siggi steht also vor Anjelika, aber mal folgt sein Blick den Rufen zur ihrer Linken, dann wieder dem Ruf des Boxen Luders zur Rechten. Aber immer wieder wird er magisch angezogen von der Schönheit der vor ihm sitzenden Traumfrau Anjelika, die absolut nichts, aber gar nichts tut, um seine Aufmerksam auf sich zu ziehen. Sie bietet nichts, außer schön dazusitzen und Siggi in die Augen zu sehen, und verzieht nicht im Geringsten die Miene.

Sie sieht Siggi in die Augen, zieht ihn auf diese Art in ihren Bann. Er reißt sich von ihrem provokativen Anblick los, als ob er weiterlaufen möchte, aber er fragt sich im selben Moment, wohin er heute denn noch laufen will. Alle Treppen hat er bereits bestiegen, allen Groupies, bekannten und unbekannten, habt er widerstanden, denn irgend etwas hatte ihn vorangetrieben, die Tour fortzusetzen um vielleicht einen neuen Höhepunkt zu erreichen.

Wenn Siggi dieses Ziel heute mit Anjelika nicht erreichen würde, mit wem dann? Seine von ihm sehr geliebten und gerne besuchten Groupies sind in den Sommerferien oder machen das, was Gott am siebten Tage auch getan hatte: Sie ruhten sich nach einer arbeitsreichen Woche aus. Relaxmäßig.

Siggi Selector weiß, dass er heute an Anjelika nicht vorbeikommt, obwohl er über ihre Qualitäten keine Informationen hat als diejenigen Fakten, die offen sichtbar vor ihm, für seine Augen, präsentiert werden.

Wenn Siggi der Anjelika in ihre Box folgen würde, dann wäre das, was dann passieren wird, wie ein Sprung ins kalte Wasser, bei dem man nicht weiß, ob das Wasser tief, flach, kalt, warm oder siedend heiß sein wird. Selbst Verbrennungen wären nicht ausgeschlossen, auch wenn es vielleicht nur Geld wäre, was sinnlos verbrannt würde.

Dass der Boxenstopp und Eintritt ins Gemach eines Boxen Luders mit monetärem Verlust von Erspartem einhergeht, weiß der Leser hoffentlich.

Siggi riss seinen Blick von Anjelikas Traumkörper im Schulmädchenkostüm los und schaute ihr noch mal direkt in die Augen und lächelte sie fragend an.

Ein leichtes Schmunzeln zeichnete sich um ihre Mundwinkel ab und signalisierte ihm, dass auch sie der Fortsetzung dieses Augenflirtes eventuell nicht abgeneigt wäre.

Siggi zögerte trotz Anjelikas Schönheit noch immer, denn die Erfahrung hatte ihn gelehrt, dass auf solchen Odysseen immer wieder Sirenen lauerten, die Seemänner, in unserem Falle Sportler, in ihren Bann und ins Verderben ziehen konnten.

Trotz ihrer jungen, auf 22 geschätzten Jahre, schien Anjelika sehr erfahren zu sein in der Betreuung der Rennteilnehmer. Ein Pitstopp bei Anjelika mit Einbeziehung des dritten Beines in eine erotative Sportgymnastik in der Horizontalen schien nach der Tour bei dieser Schönheit zwar mehr als angebracht, aber Siggi wollte vorm Einchecken doch zumindest geklärt haben, wer hier wen anmacht.

Angriff ist die beste Verteidigung gegen baggernde Groupies, dachte sich Siggi und startete seine Offensive mit Verwendung der gleichen Worthülsen, die ihm die Boxen Luder immer entgegengeschleudert hatten. Daher fragte er Anjelika frech:

„Na, wie geht's dir? Hast du Lust?"

„Ja, willst du reinkommen?" entgegnete Anjelika.

Siggi wollte, kam rein und es kam wie es kommen sollte. Die Sieger des Lupi-Laufes hießen Anjelika und Siggi Selector.

Dieser Lauf war kein leichter. Erst nach Überwindung aller Treppen fand Selector sein schönes Freudenmädchen. Ad aspera ad Anjelika.

Detaillierte Umschreibungen dessen, was dann ficktionierte, wird der versauten Fantasie der Leser dieser Novelle überlassen.

Anmerkungen zu den Untertiteln:

Alle Treppen führen zum Glück

Dies ist eine Anlehnung an die traditionelle Redewendung: „Alle Wege führen nach Rom."

Die Redewendung wird üblicherweise verwendet um zu sagen: „Alle Möglichkeiten führen zum Ziel" In dieser Novelle ersteigt Selector tatsächlich alle Treppen bis er am Ziel ist und sein Glück findet.

per aspera ad astra

wörtlich: „durch das Raue zu den Sternen", ist eine lateinische Redewendung; sie bedeutet: „Über raue Pfade gelangt man zu den Sternen" oder „Durch Mühsal gelangt man zu den Sternen".

Das schreibt Wikipedia, Stand Mai 2018

Selector: per aspera ad anjelika, wörtlich: „durch das Raue zur Anjelika", ist eine selectorsche Redewendung; sie bedeutet: „Über viele Treppen gelangt man zur Schönsten" oder „Durch Treppensteigen gelangt man zu den Sternchen".

Für den Untertitel zu dieser Novelle wurde das Wort ASTRA durch ANJELIKA ersetzt, also:

Per Aspera ad Anjelika, oder: „Nach dem langen Laufhaus-Lauf wirst du mit Anjelika belohnt."

Wikipedia: Die Redewendung hat ihren Ursprung bei Seneca. Sie stammt aus seiner Tragödie „Hercules furens" (Der wildgewordene Herkules). Dort heißt es: „Non est ad astra mollis e terris via", deutsch „Es ist kein weicher (= bequemer) Weg von der Erde zu den Sternen".

Selector: Die variierte Redewendung „..ad anjelika" wird verwendet bei Selector. Sie stammt aus seiner Sportlerkomödie „Lustlauf durchs Laufhaus" Dort heißt es: „Dieser Lauf war kein leichter. Erst nach Überwindung aller Treppen fand Selector sein schönes Freudenmädchen."

Wikipedia: Heinrich von Kleist erwähnt in seinem Drama „Prinz Friedrich von Homburg oder die Schlacht bei Fehrbellin" diesen Spruch auf der Standarte des schwedischen Heeres, die in der Schlacht von Fehrbellin am 28. Juni 1675 durch Friedrich II. von Hessen-Homburg erobert wurde.

Siggi Selector verwendet in seiner Novelle „Lustlauf durchs Laufhaus"oder „Per Aspera ad Anjelika" diesen Spruch als Untertitel zu seiner Geschichte, die erzählt, wie schwer es Selector hatte, bis er Anjelika fand.

.

Warum nenne ich die Story eine „Novelle"

Antwort: siehe meine Anmerkungen in **FETT**, im Text von Wikipedia über eine „Novelle"

Wikipedia: Eine Novelle ist eine kürzere Erzählung in Prosaform. Weitgehend synonym mit Novelle als relativ kurzer Erzählform ist die Bezeichnung Kurzroman als eine nicht genauer abgrenzbare Zwischenform von Roman und Novelle, also ein Prosatext, der einen romanhaften Stoff knapp ausführt bzw. eine Novelle mit Merkmalen des Romans

Charakteristik:

Eine Novelle ist eine Erzählung von kürzerer bis mittlerer Länge. Oft wird darin ein **Konflikt zwischen Chaos und Ordnung (=Laufhausbetrieb)** beschrieben, was zu einem Normenbruch und Einmaligkeit führt. **Erzählt wird in der Regel ein einziges Ereignis, (Laufhaus-Lauf)** daher kommt auch der Ausdruck, die Novelle sei der Singularität verpflichtet. Novellen sind in der Regel sehr klar strukturiert und verfügen über eine geschlossene Form. Oftmals besitzt die Novelle ein **Leitmotiv (Sportlicher Lauf)** sowie ein (Ding-)**Symbol. (Puff)** In vielen Novellen hat auch der **Zufall** eine zentrale Bedeutung **und ist oft das konstituierende Element. (Der Lauf dient der Zufallsfindung von Anjelika)**

Goethe formuliert 1827 in einem Gespräch mit Johann Peter Eckermann als **wesentliches Merkmal der Novelle „eine sich ereignete unerhörte Begebenheit"**. In Goethes Werk Novelle ist von einem „seltsamen, unerhörten Ereignis" die Rede. **(Klar, ein Besuch bei Prostituierten ist ein unerhörtes Ereignis, ha, ha)** Diese Begebenheit stellt oft den **Wendepunkt der Handlung dar. (Siggi betritt nach dem Lauf Anjelikas Zimmer)**

Weitere Kennzeichen der Novelle sind eine straffe, überwiegend lineare Handlungsführung, der Wechsel zwischen einem stark raffenden Handlungsbericht und dem gezielten Einsatz szenisch und breiter ausgebildeter Partien **(Die Girls als Groupies und Selector als Sportler, also zwei Partien)** an den Höhe- und Wendepunkten (Peripetie), während die Handlung am Schluss meist ausklingt und **die Zukunft der Figuren nur angedeutet wird. (☺ siehe Ende meiner Novelle)**

Fazit:

Die Geschichte vom „Lustlauf durchs Laufhaus" ist ein literarisches Werk, das seinesgleichen sucht. ☺

Siggi Selector